KB0034054

사유의 변곡점

사유의 변곡점

정복언 시집

정출판

꽃 피고 녹음 짙어
계절을 건너는 자연의 숨결
찬연하다

그저 바라만 볼 걸
무엇 하려 침묵을 헤집었을까
그냥 재미로 깨작인 건 아니어서
시라는 이름 앞에 엎디어
제 몸통 많이 부식된 고목에서도
새싹 키우는 그 노역을 보며
노욕에서 사유의 강에
조각배 하나 띄워 보낸다

굽이굽이 흘러

뉘 빈 가슴에 안착하길

부질없이 소망하며

또 하루를 연다

햇살 맑은 어느 아침

2020년 무르익는 봄에

정복언

| 차례 |

1부

낙일

서편 하늘에
홍시 한 알

맨눈으로 보라고
빛 거두네

종일
노역의 열독으로
온몸이 붉어

이제
손 놓으면 툭 떨어질
하루의 숨결
해거름의 일기

나리꽃

새싹들이
지구를 벌리며
세상 밖으로 나오네

암흑 속에서
오래도록 영혼을 닦아
고운 마음 들고

오뉴월 푸른 뜰에
형형색색 꽃등을 켜네

저마다
해맑은 미소로
생명을 우러르고

눈부셔
나는 눈을 감네

나비의 연정

노랑나비가
분꽃을 찾아와

문 열어 놓고
파르르 떠는 꽃의 마음에
찰나의 시간을 망치질하고
아로새긴 연정을 거둬들인다

서럽지 않아 더 서러운
이별의 날갯짓
훗날 만나자는 기약도 없이

기도 1

오늘 하루만이라도
마음 깊숙이 자리한 것들이
고스란히 드러나는
투명한 삶이 되게 하소서

바람과 구름이 손잡듯이
햇살과 꽃잎이 눈 맞춤하듯이
투명한 몸으로 내 주변을 어루만지며
아무도 모르게 걸어가게 하소서

하루만이라도
온전히 자유의 몸이 되어
장기들의 노고를 헤아리게 하시고
경련을 일으키는 정신의 고통도
어루만지게 하소서

겹겹의 옷과 층층의 마음을 벗어버리고
사뿐히 걷다가 잠들기 전에
몸과 마음을 침묵으로 채우시고

빈자리에 거룩한 말씀 돋아나게 하소서

고요히 하늘이 열리던
시원의 바람처럼
해맑은 하루를
오늘만이라도

생의 파동

여행길 끝자락에
유달산 인근 식당에서
해산물 널린 식탁을 받아 앉았다

두툼한 방어회에
바지런히 젓가락 따라
주거니 받거니
불콰하게 소주 몇 잔 비웠다

식당 밖으로 나와
하필
수족관 속을 유영하는
물고기들과 눈 마주쳤다

삽시에
뱃속에서 파닥거리는 소리
다시 방류할 수 없는 운명 앞에
인간이 된 것이 참으로 야속했다

동백꽃

며칠을
붉게 가슴 열더니
생에 대한 미련을
저리도 쉽게
툭툭 털어내는가

너는 이미
절정을 넘는
순명이었구나

눈부신 핏방울로
마음 다 드러내고
하늘 우러르는
저 신심의 깊이

당신은 이미 부활한 성자인가
누리를 움켜쥔 힘이여,
사랑이여!

겨울비

운명처럼 땅속으로 스미지 못했다
단단한 문명의 대지로 추락하는
마지막 순간
팔딱이며 숨을 뱉었다

으스러진 정신을 다시 일으켜
아직은 먼 길을 떠나야 한다

가리라, 방울끼리 손잡고
몸을 원하면 기꺼이 내주며
시원에서 시원으로
영혼 이끌고 쉼 없이 흐르리라

찬바람 향해
외로운 수호신으로 서 있는
동네 어귀 팽나무에
안부를 묻고

인연을 어루만지며

마을 휘돌아 한숨이 스미는 곳으로
함께 가리라, 봄을 품고 가다
슬며시 전해 주리라
냉기로 감싼 그 체온을

닥그네 포구

푸근하게
잠들어 있다

여남은 척 조그만 배
가슴에 품고
잠결에도
도닥이는 어미 마음

선실엔 두엇 앉아
어구 손놀림 바쁜데

마음은 집어등 밝혀
은갈치의 만선을 꿈꾸는
희망이 피고

포구 밖 망망대해
잔별처럼 빛나는
어선들의 불빛

만상의 평화로운 일상
꼭 안기고 싶어라, 포구의
아늑한 가슴

시원의 바람 같은

그냥 할머니였습니다
백발의 주름진 얼굴과 낫처럼 굽은 등
히죽이는 웃음과 가녀린 혼잣말 …
문명을 털어낸 시원의 바람이었습니다

할머니는
지난여름 땡볕이 사위기 전
길가의 무성한 잡초를 매었습니다
오늘도 이른 아침, 겨울의 길목에서
동네 어귀에 드러누운 낙엽을
비질하였습니다
마음이 손을 끌고 나선 것이라
시원의 메아리였습니다

긴 인생을 살다가
누더기 같은 의식을 하나둘 버리고
이젠 곧은 뼈대만 남았습니다
바람의 생기 같은 상큼한 뼈

아직 문명이 잉태하기 전
순연한 마음으로
둘레를 밝히며
할머니는 하루를 살았습니다

당신은 그냥 할머니였습니다
시원의 바람 같은

위대한 실수

카톡에 실려 온 한 토막 동영상
얼굴은 가려진 채
윗옷과 아래옷 사이가 벌어진 중앙에
배꼽이 자리잡았다
허리가 오목한 게 여성임이 틀림없겠다
윗옷을 하나하나 벗더니
웹툰 속 그림처럼
빵빵한 두 봉우리
탱글탱글한 탄력이 출렁인다
줄줄 하의 내리고 팬티를 벗으려는 동작에
시선이 팽팽하고
정말 벗을까 생각하는 순간
팬티를 벗더니 더 작은 팬티가
파수꾼처럼 버티고 있다
그럼 그렇지 하는 순간
두 손으로 작은 지킴이를 아래로 살짝
내리니 까만 거웃이 보인다
원초적 계곡을 상상하는데
드러난 아랫도리엔

거뭇한 남자 증명서가 길쭉이 매달려 있다

신이시여, 신이시여
어찌 이런 실수를 하시나이까

산과 골

태초부터
산 너머 산이 있었고
골 건너 골이 있었다

산을 오르고
골을 지나며
바람은 서로를 전한다

함께해야
각자도생할 수 있는
이 필연성

산과 골이
울림의 언어 되어

귀 있는 자 듣고
눈 있는 자 읽으라며
저리도 높다
저리도 깊다

즉답의 순도

농익은 봄 햇살 내려앉은 마당에서
분재 명자꽃 앞에 쪼그려 앉아
계절처럼 마음을 덥힌다

벌 몇 마리
분주한 일상인데
나는
궁금하여 나무에 말을 건다
'어째서 같은 가지에
흰색과 붉은색 두 가지 꽃을 피웠나요?'

벌의 날갯짓 사이로 다가온
순연한 응답
'사랑을 받으려고요'

사랑하는 일 못잖게 중요한
한마디 금언
파장의 날개 편다

억새 앞에 서면

가을이 울적해지면
사람들은 허기를 채우려
빈 마음으로 솟은 오름 기슭에서
억새꽃과 눈 맞춤하고

나는 소싯적 일이 기어 나와
이방인처럼 풍경을 밀쳐 낸다

조막만한 맨손에 낫을 들고
들녘을 헤집으며 소 꼴 한 짐 하노라면
짓궂은 장난이 듯
손가락이나 손등을 쓱쓱 할퀴고는
무정하게 돌아서던
억새의 톱니 같은 잎사귀

아픔의 질량처럼
선홍의 피가 새어 나올 때
신경망을 울리던 그 오싹함

바람의 아들답게 글썽이진 않았지만
그때 잉태한 트라우마가
억새꽃 앞에 서면
척박한 터에서 풀의 나라를 거느리며
강골의 의지로 살아온
장대한 삶을 추앙하지 못하는
이 섬약함
나의 송구함이여

이리저리 가을은 울적하다

홍시

낙엽 바삭거리는
뜨락 모퉁이
가지마다 둥글둥글 매달린
홍등을 바라보며

내 생의 끝자락 저리 물들어
속절없이 툭 진대도
무심히 눈 감을 거란
아득한 생각으로
한동안 마당을 서성이는데

서편 하늘엔 노을의 미소
심지 돋운 홍등이
속속들이 밝히는
마음 귀퉁이

한 생이
붉게 익는다

어머니의 식사

조그만 집 공간이 어머니에겐 너무 넓다. 부축한 걸음이 비틀비틀, 식탁까지 먼 길이다. 작은 키에 등 굽어 의자에 앉으면, 어머니 얼굴이 식탁과 맞닿을까 마음으로 받친다.

밥 두 숟갈, 국 두 숟갈 그릇에 담고 찬 몇 가지 곁들면 일상식이다. 옆에서 떠 드리려면 아직은 당신 손으로 드신단다. 수전증으로 사시나무처럼 떨리는 손, 입과 그릇 사이가 하늘과 땅 사이다.

마주 앉아 식사하면서, 찬을 어머니 숟가락 위에 올리기도 하고 입속으로 드리기도 한다. 먹고 싶은 게 하나도 없다 하시더니, 함께 먹으니 맛있다는 말씀이 속울음을 휘젓는다.

요동치는 마음을 참아내며, 늙으신 어머님 앞에서 방싯방싯 아이처럼 웃어도 보고.

통찰

아기들은 맑은 눈으로
보이는 것을 보고

어른들은 외눈인 듯
보고 싶은 것만 본다

내 언제면
안 보이는 것도 볼 수 있을까
하늘이 내려다보듯

바위

바위는 태어날 때
모든 날개가 불타버렸다

멀리 날겠다는 꿈을 접고
깊은 묵상에 잠겼다

이끼 낀 세월에 눈길 보내며
옛날의 꿈을 회상하노라면
그리움이 침전되어
생존의 무게가 늘어났다

스스럼없이
본질을 드러내려면
제자리 지키는 일이
참으로 중요하다는 걸
깨달았다
날개가 불타버린 까닭이었다

귤

볕 좋은 오월
하얀 향기 봉긋봉긋
가지마다 피어나면
벌떼 취해 윙윙거리고

회잉의 바람은 푸른 생명
매끄럽게 쓰다듬는다

자연의 계율을 따라
뛰어내릴 수 없는 생애
허공에서 흔들리며
해도 담고 달도 담고
비바람도 껴안으며

한 생애 무르익어
곳곳을 밝힌
노란 등불, 저 눈부심

겉과 속이 한결같은 삶을

노랑으로 설파하다가
아낌없이 몸 보시하겠노라고
쟁반에 걸터앉은 금빛 우주

순명

나이 들고
겨우 하나 알았네

손 내밀면
운명도 악수한다는 걸

장미의 대답

햇살 등지고
정원의 장미를 바라보다가
아이처럼 물었어요

"너는 왜 붉게 피었니?"
"제가 좋아서요."

궁금해서
또 물었지요

"너는 왜 줄기에 가시를 달았니?"
"그것도 제 선택이에요."

꽃은 남을 탓하지 않는다며
찡긋 웃네요

순간
실핏줄까지 스미는 부끄러움
고개 숙여 삶의 이력 되새기네

날개를 위하여

비 그친 겨울 아침
냉기 스민 길바닥에서
나비를 꺼안은 동화책이 떨고 있었다
유기된 날개들이
어디로든 날아가야 할
날갯짓을 꿈꾸며
밤새워 뒤척인 듯
아직 입을 열지 않았다
어릴 적
내 꿈을 태우고 날아간
조그만 흰나비가
내게 돌아온 것 같아
젖은 동화책 표지를 소매로
닦아내고 품에 안았다

앞표지를 넘기지 않았다
행여 눈물 그렁그렁한 내 이력이
고스란히 담겼을 것만 같아
흰나비가 다시

가볍게 세상으로 날을 때까지
기다려 눈 감기로 했다
끊임없이 퇴고할
동화책의 젖은 날개, 나의 꿈

걷고 또 걸으며

마른 잎이
툭
감나무에서 떨어질 때
길이 생깁니다

별빛이
찰랑 떨어지며
밤하늘에
길을 만듭니다

촉촉한 눈으로
바라보는 곳에
길이 새로 놓입니다

배낭 짊어지고
신발 끈 조인 사람들
길 위에서 길을 찾아
걷고 또 걷습니다

너덜도 지나고
골짝도 건너며
만상의 것들과
오감으로 만나고
영혼으로 읽습니다

이제 네 번째
옥동을 낳았습니다
따뜻한 첫국밥을 차리면서도
더 매조지는 않으렵니다

새로운 들메를 위하여
더 높이
더 멀리
문학의 깃발을 올리기 위하여.

※『들메』제4집 축시

2부

추억

첫 키스가
입안에 둥지를 틀더니
텃새 되어 달콤한 알을 낳네

알 속의 그리움 하날
꺼내 먹다가
시나브로 이가 삭아

끈질기게 밀려오는
치통, 치통
첫사랑의 통증이여

나무의 지향

순한 삶의 내면에서
수관을 흐르는 강골의 혼
나무의 이념은 직립이다

폭풍우와 맞서
온몸으로 항거할 때
영혼은 결코
머리를 숙이지 않는다

힘에 부쳐
허리 휠 때면
궁둥이 내밀어 은유를 즐긴다

태풍에 쓰러질 때
보라, 그가
어디를 향해 온몸으로
복종의 인사를 올리는지

낙화 1

외진 자리
바람 불고
별빛 내려
살 만한 거라고

사람의 눈길
닿지 않아
마음 순한 거라고

풀꽃 지며
파르르 오는 파장
시름도 다
내려놓았다고

행복 포획술

돈을 짊어지고
사러 다니지 마세요
행복은
거저 얻는 거예요

쫓아다니지도 마세요
모른 체하면
약이 올라
살며시 옆으로 다가옵니다

비법도 있어요
정말 원한다면
한가득 가져가면 됩니다
몸뚱이가 행복을 담는 그릇이어서
등으로 햇볕을
눈으로 풀꽃을
귓속으로 오월의 진동을
수북수북 담고

한눈을 찡긋거리며
먼 하늘을 바라보며
걸어가세요
그냥 그렇게 하는 겁니다

생의 단면

천한 신분으로
땅바닥 기며
일생을 살면서도
미물들이 사용하지 않는
금기어가 있다

죽지 못해 산다는
가장 슬픈 언어

고통은 축복의
또 다른 이름
묵묵히 수용하면
빛이 있는 길일진대

고귀한 태생이라고
사람들은 마구
생을 난도질한다

자르지 마라
생은 늘 붉다

걷노라면

그저 간다네
밟아도 흔적 없는
나의 길 가다 넘어져도
일어서며 살아가라 하매
그때마다
신발 끈 조인다네

나아가야 하네
운명을 손잡고 가노라면
계절 굽이굽이 들꽃이 피어
마음을 안아준다네

가끔 하늘을 이고
영혼의 길을 찾노라면
발걸음이 바람을 닮아간다네

그저 간다네

독서

누군가 들려주는
신의 목소리

길 잃고 절망하는
어둠의 골짜기
그때
한 줄기 불빛

역사의 강가에 남겨진
수많은 발자국
헝클어진 체온

예술의 혼을 위해
일생을 불태운
열정의 기둥

산과 들과 바람을 품은
아름다운 문장을 만나
생의 고뇌를 털어내고

책갈피 속에
마른 잎으로 누워
다시 삶을 일으켜 세운다

아, 삼라만상
응축된 우주의 숨결!

병상을 스캔하며

여기저기 몸속으로
호스를 들이고

꿈틀대는 정신 줄로
회상에 잠기다가
가끔은 내일을 꿈꾸는

삼킬 수 없어
입안에서 맛만 보고
뱉어야 하는

다리는 가늘어지고
걸음걸음 숨이 차는

가족들의 응시 속에
시간을 사는

병상의 환우를 생각하며

이 순간
꽃처럼 살 일이다

월야

잡힐 듯 떠 있는
둥근달이
시원의 제전에서 봉독했던
하얀 언어들을 쏟아내고

귀뚜라미 밤새
경 오이는 빛깔 속으로

뒤척이던 잠 곤추세워
시간의 무늬에 눈이 가 있다

때가 있는 법
나고 죽고
피고 지는
내 어디쯤에서
이 밤 끌어안는가

마음 부시네
눈감고 바라보는
저 청정한 창공의 고요

생을 생각하며

생이란 길을 가는 것
다들 사노라고 걷고

중력을 거부하며
창공으로 치솟는 새들의 날갯짓

지느러미로 노를 저으며
세차게 거슬러 가는 연어 떼

배밀이로 기어가는
지렁이의 진행

어느 것 하나 쉽지 않지만
삶을 살아 내는 건 아름다움이네

두 발로 걷기가 제일 편할 것이라
이젠 투덜대지 않으련다

내 걸음
날 데불고 어딜 가려는지

풍경 3

"멜 삽서, 멜. 싱싱한 멜이 와수다."
확성기 소리에 실려 오는 갯포구 풍경
유년의 세월을 더듬는다

어머니 심부름을 위해
오리 길 태흥 포구에 들어서면
어선들이 하나둘 들어오고
기다리던 사람들이 왁자지껄
목소리가 뒤섞일 때면
나도 힘껏 목청을 돋웠다
"삼춘, 흔 꿰미만 풀아 줍서게."

생선 서너 마리 묶인 꾸러미 들고
토닥토닥 발걸음을 재촉하노라면
비릿한 생선 내음이
졸졸 따라오며 알 수 없는 말을 늘어놓았다

다시 듣는다, 그 비린 말
먹음직한 미끼를 덥석 물지 말았어야 했는데

친구들보다 먼저 먹으려 달려들었으니…

생명체의, 내 유년처럼
왠지 푸르게 슬픈 이야기

붉음

메모지 위에 올라앉은
모기 한 마리
손바닥으로 찰싹하는 순간

꽃송이 붉게 벙글며
압화 두 장 그려놓네

덩달아 생각나네, 그 옛날
초등학교 파하여 집에 오니
방문 앞으로 내친 짚더미 예제
피어난 붉은 꽃에 시선 머물자
산파 노릇 하신 백모님이
네 여동생 태어났다고 알려주셨네

지워지지 않는 그 붉음
서러워서
그 시간 속 어머니

급하다

왜 발포 명령을 내렸는가
뱃속에서 꿈틀대는 포성
꾸르륵 꾸르륵 오장을 뒤튼다

고운 이름 찾을 여유가 없다
측간이면 어떻고 변소면 어떠랴
길가에서 오종종대다
저기, 저기 있군
연인보다 반갑게 다가간다

일순에 털어낸 근심 걱정
작명가에게 소리 없는 박수를 보내며
헤아리는
해우소, 그 빛나는 이름

일상의 출발은
먹고 싸는 일
작지만 작지 않은 그 발걸음
나를 짊어진 그 노고를 어찌 갚으리

사유의 변곡점

긴 생을 살아오면서
나는 늘
뭔가를 누르기만 했다
그럴 때마다
땅에서는 바닥이
물속에서는 물이
공중에서는 공기가
나를 떠받쳐 주었다
참으로 미안하여
나도 무얼 떠받칠까 궁리하다가
물구나무를 섰더니
두 팔이 지구를 떠받치는 게 아닌가
다시 바로 섰더니
발바닥이
모든 정수리를 받치고 있음을
깨달았다
이제 내 몸은
뭔가를 떠받는
쓸모 있는 존재임을 알았다

나는 자체로
상생이었다

침묵의 잉태

가을바람 손잡고 마당을 거닐다가
눈에 띤 귀뚜라미 한 마리
움직임을 내려놓고 나를 응시한다
살며시 손바닥 위로 올려놓으니
마른 몸체에 붙어 있는 촉수 하나 다리 셋
사라진 짝을 찾아 흔적을 더듬는다

눈을 감으니 소리가 난다
물기 오른 녀석이 귓전에 들앉아
싱싱한 시절 그리움처럼
이내 하늘의 소리를 전한다.

나무나 돌에도 제 목소리 있어
귀 세우라 한다
깊은 밤 침묵 속에서
계절을 몰고 다닌 독백들
더 깊은 침묵으로 다가와
살며시 만져 보라 한다

고요하다

소리를 잉태하기 위해

침묵이 귀의 항구에 닻을 내리고

떠나버린 무적의 파동을 베어

깊은 잠에 빠져 있다

수석

조그만 돌 속에
유채밭이 들어앉아
사철 노랗게 눈부시다

영원을 누린다는
박제된 삶의 속설 따라
스스로 걸어 들어갔을까
이울지 않는 저 피어남

나비 한 마리 날지 않는
멈춰버린 계절 속으로
회한의 강은 흐르고

창살 틈으로 밖을 보듯
목을 늘인 채
언젠가는 돌아가야 할
세상을 꿈꾼다

눈물을 빼앗기지 마라

웃음이 웃음일 수 있는 건
눈물로 피울 수 있는 미덕

바람의 세상으로 나가려는
천년의 기도, 돌 속의 유채꽃

눈

하얀 마음으로 내려오네
세상의 외진 곳 찾아
심장에 눈물로 고이려 오네

높은 곳에서 내려다보니
차가운 세상
솜이불 덮어주러
가볍게 바람 타고 오네

나무에도 돌에도
하얀 볼 비비며 쓰다듬네
차가운 것들도 손을 잡으면
따스한 온정 흘러 흘러
포근한 마음으로 일어서리니

마음마다 씨앗 한 톨 뿌려 가며
봄을 그리게 하네
나목의 뿌리까지 하얀 추억 스미어
푸름을 꿈꾸게 하는

그대는
세상을 두 번 사는 듯
빛나는 영혼
흠 없는 순수

물들다

국화들이 색 잔치가 한창이다.
저마다 피어난 마음들이
노랑이나 하양, 진갈색이나 검붉은 갖가지 색으로
향기를 담느라 야단인데
봉오리들도 따라다니며 채색에 몰두한다

순식간에 일이 터졌다
볕 잘 드는 남쪽으로 기울어진 녀석들 곧추세우려다
아야야, 밑동에서 부러지고 말았다
사랑은 놓아 주는 것이라 했거늘

속죄하는 마음으로
가지 서넛을 조심스레 잘라
꽃병에 꽂고 물을 주었다

눈이 마주치면
변함없이 건네는 미소
꽃 색깔로 가슴을 박박 문지르면
물들며 닮아질까

낙엽 4

바스러지던 기억들 속에서
하얗게 웃던 풀꽃 찾아
바스락 바스락
온몸으로 다가가는
애틋한
소멸의 수행

흔적 지워졌는가
돌아갈 길 서성이는
아직, 무거운 걸음 곁으로
가을 달빛 내려와
깊어지는
적멸의 추임새

기억마저 놓아 버릴 수 있을 때
완성인 걸, 아직도
움켜쥔 상념의
가녀린 조각 하나여!

어울림

절묘하네

고요를 깨뜨리지 않고
울어대는
풀벌레 소리

별빛 숨죽인 시간
맑은 영혼들이
귀 돋우는데

잠들던 침묵
기지개 켜고

잔디를 깎으며

세상이 진화했기 망정
그 옛 시절이었으면 파출소 신세
많이 졌겠네
장발이란 이유 하나로

예초기 짊어지고 번득이는 날 돌리노라니
바리깡이 허깨비처럼 나타나
옛날 내 머리카락 뽑는구나
아파도 아야야 소리 안 하며 참았었지

소리 대신 눈물 글썽인 시절이 자라
고통을 지나야 아름다움을 만난다며 말을 거네

깔끔해진 잔디밭에 벌러덩 드러누우니
하늘은 옆에서 벌써 코를 고네

그냥저냥
좋은 시간 좋은 풍경이네

뻗어라

닮은 것끼리
닮고자 하는 것끼리
차지게 이어 간다

물이 모여 수맥이 되고
봉우리가 잇대어 산맥을 이룬다
뻗는다는 건 아름다운 은유
포용이며 사랑이다

실존을 이룬
바람과 빛과 어둠
하늘과 구름과 별을 보면
이미 내 속에서 소통하고 있다

글로
어깨를 결으면
새 길이 된다
세상 이야기로 흐르다가
울컥울컥 감성을 넘어

영성의 꽃을 피운다

수필로 삶을 제련하는
脈동인들이
아름다운 영혼을 담아냈다

관계를 꿈꾸면서
도도한 맥으로 뻗으리라
만물과 이어져 우주가 되리라

※『脈』제11집 축시

3부

꽃의 미학

밤새
별과 문학을 담론하더니
장미가 붓을 들고
붉은 글씨로
보탤 것도 뺄 것도 없는 문장
두어 줄 허공에 걸어 놓고
아침 햇살 아래 웃고 있다

눈 감으면
피어난 꽃 시들라
졸이는 가슴

세상사 찰나의 운명이듯
살포시 내려앉는 꽃잎의 하관
낙화도 꽃이라고 한 줄 보태지 않고
아득히 퍼져가는 침묵의 메아리

때론

공원의 나무 그늘 밑
벤치에 홀로 앉아
가을 친구들과 도란거리다가

사색에 잠긴 나뭇잎
옆구리 간질이다가

바람과 스르르 뒹구는
색색의 낙엽을 응시하다가

하늘의 청잣빛
한 입 들이켜다가

몰입된 내 의식
어디로 사라졌을까 두리번거리다가
벤치에서 일어나
가을 문을 나서는
느린 발걸음

낙화 2

오월의 가슴엔
낙화로 파문이 인다

적막의 날개로 내리는 꽃잎
눈부신 찰나다

꽃잎 또 하나 날개 접고
경계를 넘는 무욕의 몸짓
가벼워도 묵직한 투혼

꽃 진 자리
푸른 생기 모아
잉태의 미소
생의 심연에서 일렁인다

빈 의자

동네 어린이공원 가장자리에
나무 벤치가 홀로 앉아
실존을 깨달은 자의 몸부림처럼
식어가는 체온을 문지르고 있다

긴 기다림일까
그리움이 마음을 톡톡 노크할 때면
사방으로 귀를 세우고
오지 않을 사람의 발걸음 소리를
환청으로 듣는다

멀리 떠난 자녀를 눈 속으로 들이고
마음 한편에 촛불을 켠 채
이제나저제나
먼빛으로 빈 하늘을 바라보는 노모처럼

바람과 구름을
때론 햇살을 한껏 안아 보지만
가슴은 속울음으로 흔들릴 뿐

언제면 사람 냄새 속으로
잔뜩 코 들여놓고
작약처럼 웃어 보려나

사모곡 1

당신의 거처를 그리신 걸까
온종일
요양원 창틀에 시선을 올리고
멀거니 하늘만 보시던 어머니

주름살 새로
자식들 체온을 묻고
귀 세워
오지 않는 발걸음 더듬던
먼 기다림의 허기

허물어진 의식으로
음성을 접고
가녀린 심박조차 수평으로 눕더니
여윈 당신 살결 어루만질
한 조각 시간마저 놓아 버린 뒤
허망하여라, 영원한 별리

외로운 회한 진으로

가슴에 박혀
날이면 날마다 씻어도, 씻어도
지울 수 없는 아, 당신의 상흔

밝게 달 뜰 양이면
어머니 마음으로 내려와
슬며시 미소 짓고 날 바라보시네

차라리 서운한 얘기 들려주시지
마음 기대라는 홍건한 달빛에
눈 감아도 잠 안 오는 밤

폭포

가파르게 등성일 내려오다가
천길 벼랑 아래로
별안간 몸을 던지고 말았어
눈을 감았지만
순간의 충동이 아니라
운명의 수용이었지
몸이 산산이 부서져
하얀 포말로 변하는 것도
순간이었어
고통의 정점도 일순에 지나가듯
번쩍 정신 차리니 희열로 다가오더군
어머니 품을 향해 낮은 데로
끊임없이 흘러야 해
살아있는 정신, 호연지기 품고 가다
다시 벼랑을 만나면
야호 소리치며
눈 부릅뜨고 뛰어내릴 거야
추락은 내 방식의 힘찬 도약이니까

벚꽃

고향 친구들
돼지갈비 소주 파티에
어린 시절까지 들락거리며
긴 세월의 고만고만한 삶을 풀어놓다가
누가 꺼낸 첫 부끄러움에
와락 터져 버린 폭소
사방으로 튕긴 하얀 파편들

벚나무
엄동설한 건너며
꽁꽁 얼어버린 삶의 체온을 뒤적이다가
지난봄
올려다보던 맑은 눈망울 생각났을까
살며시 드러나는
하얀 미소

철학관 앞에서

미래를 스케치하며
터벅터벅 걸어가다가
어느 철학관 앞에서 멈춰 섰다

'미래를 정확히 예언함'

이 문구에 갈등이 인다
어찌할까 기웃거리다가
내 이성의 문을 연다

일생을 다 알아버리면
삶의 힘은 쓰러질 거야
혹여 좋은 여생이라 한들
뭔 설렘으로 살 수 있을까

쓸데없이 한 줌 시간을 허비했다
어쩌면
지금 순간을 그렇게 보낼 팔자라고
정확히 예언할지도 모르지만

내일을 추상으로 그리는 것이
시간의 속성이라 발끈하며
나는 그냥 다시 걸어갔다

이별

아직 피지 못한
추억의 봉오리들을
서로에게 전하며
속앓이하지 말고 잘 살자고
젖은 눈을 맞추다가
떨리는 음성에 떠밀리는 발걸음

빈 의자는 체온을 잃고
이별의 풍경을 응시한다

일상처럼 만나는
아픈 발걸음들
어디 한두 번이랴

그래도 무딜 수 없는
의자는 속으로 울고
뚜벅뚜벅 걷던 마음의 동작들이
돌아보며 또 돌아보며
그림자마저 지워져 버린 자리에

하얀 눈물 남기네

아, 나이처럼 늙어
이별도 태울 수 있다면
마지막까지 남을
인연의 검은 사리들

섬

뉘 모시러
뭍을 떠났을까

까치발로
목 뽑아
기다리는 시간

그리운 벗 무동 태워
일렁이는 하얀 웃음

합쳐 둘이 되는
바다와 섬

동작 그만

제 놀이에 취하여
해지는 줄 몰랐지

신명 나게 춤추다가
박장대소 터뜨리다가

시간의 단호한 명령
동작 그만 외마디에
멈춰 선 놀이

시간의 허방다리 뉘 알랴
아직 남았다고
남의 일이라고

때늦게 알아채는
미완의 허무

남원큰엉

가슴 파이지 않는
사랑 어디 있더냐

파도는
넓은 바다에서 출렁이다가
고단한 몸으로 다가가면
두 팔 벌려 포근히 감싸 안는
어미의 표상, 남원큰엉

파도는 뭍을 향한 그리움
쉼 없이 토해내고
검은 바위는 가슴을 열며
하나하나 주워 담는다

가슴이 파인다
살 헐리고 핏줄이 삭는다
소리들이 모일수록 공명으로
부르는 화음
저렁저렁하다

해녀들은
바위굴 울음에 귀 세워
숨비소리 파닥이며 자맥질하고
주민들은
야성의 순박함을 주고받으며
갯내음 품고 살아간다

가슴 파이지 않는
사랑 어디 있더냐

남원큰엉은 오늘도 가슴을 열고
서러운 이야기 귓전에 들이며
빈 가슴을 채운다

짧은 행복

도색공 셋이서
종일 땀 흘리더니
주황색 기와가 청색으로 바뀌고
벽체는 승복 입었네

저물녘 산책 나서며
아내가 던지는 한마디

"온 동네가 환해졌네요."

껍데기가 환하니
마음에도 빛이 드는가

물신주의라고
비웃지 마소
사흘 동안만이라도

그리움

가을밤
빈 가슴에
찰랑거리는 풀벌레 울음

달빛 쏟아져
바지게로
한 짐 지고

고향 뜰 거니는
사유의 조각

충만을 꿈꾸는 허공

다 채우지 못해 아직도
빈 가슴입니다

날갯짓이 겹겹이 길을 만들어
바람과 노닐도록

뭇 사람들 시선이 넘나들며
희망의 제단만을 쌓아
정갈하게 화해하도록

별빛 묻어 두고
청잣빛에 쏠리어
신의 숨결 스미도록

둥근 기도가 만월의 슬픔 되어
종일 전율하도록

눈 밖이던 풀꽃마저 햇살 끌어당기어
소망 펼치도록

가슴의 문을 열고
기다립니다
당신의 모든 것을 기다립니다

여명

동편 하늘에는
살아 있는 언어들이
분장하며
만물을 조탁하는
신비의 시간

묵화들이
수채화로 변하고

빛이 창조하는
진선미의 세계

그 순연한
눈부심

내 마음
깨금발로 동살을 보며
두 손 모은다

낙엽 2

아련하여라
시간이 흐른 자리에
곱게 채색된 그리움의 손짓

삶이 그려낸 추억의 자리에
희미하게 자리한 세파의 흔적

기억의 세포가 흔적을 비질하며
기어이 영영 떠나버리면

잘 살았노라
한마디 하지 못할까
미리 쓰는 한 조각 유서

살다 보면

마당에서 뛰놀던 검둥이
갑자기 가려운 듯
꼬리 깨물려고 용쓰지만
제자리만 빙빙 돈다

나도
등허리 깊숙한 곳에
가려움이 똬리를 틀면
이 팔 저 팔 늘이며 애써 보지만
근원에 접근하지 못하고
변방만 박박 긁어댄다

이별의 슬픔이나
절망의 늪에서
허우적거리는 일도 아닌
잠시 참으면 지나갈
고작 가려움이 순간의 정점에서
심신을 장악한다

소소해 뵈도 소소하지 않은

지금은 가장 절실한

문제, 사는 일이란 때로

풍경 4

신문에 부고 두 개가
관처럼 나란히 누워있다

검은 글씨가 생을 조탁하여
대조적인 풍경이다

똑같은 지면에
한쪽은 이름들이 빼곡한데
또 한쪽은 망자를 포함하여
아들딸 이름 셋뿐
세상이 넓어 오돌오돌 떨며
엎디었다

아들이 동맥이고 딸이 정맥으로
쉼 없이 피돌기 하며 살아온 생을
고작 45세로 고이 눕힌
미지의 여인

여백이 많은 사연 뒤로

한 편의 서정시가 흐른다

눈으로 잠시 읽은 인연이지만
어찌 향을 아니 피우리
새로운 세상에서 평안하소서

가을 마중

가을이
저 멀리서
우수를 데리고 오네

색색으로 맞으려
마음 다 비우네

가을의
그 빛깔
그 소리
가슴에 들이다가

밤새워 뒤척이는
하얀 달빛까지
쓸어 담네

가을 닮아
깊이 빠져버린
사유의 늪
아, 시린 가을 환상곡

슬픈 개명

버리고 떠나는 주인
멀거니 바라보다가

가치 멸실된
낡아빠진 내 몰골
다독이면서

푸르게 손잡았던
인연만 간직한 채
불로 활활 소신하든지
거름으로 문드러져야 될

본질의 남루
쓰레기

바다의 추임새

시원의 넉넉한 마음이어라

뭍이 보낸 물방울 죄다 받아들이며
곱게 얼굴을 씻기나니
흙탕물마저 놀라운 변신
저리도 기뻐 사시장철
시퍼렇게 일렁이는 바다의 추임새

그래 사랑이지, 저런 것이지
내 할 일은
키 작은 이들 물이랑 위로 올려놓고
세상의 빛 구경시키며
일렁이어라 또 일렁이어라
밤낮 손뼉 치며 흥 돋우는 수작뿐

제 살덩이 부숴 흰 거품 돼도
섬 하나 놓치지 않고 어루만지는
변함없는 일상

태풍이 일어도 몸으로 막아주려
살점 튀는 아픔을 사람들이 몰라준대도
나 서럽지 않네
그대 있어 행복하나니

오늘도 시종 그 추임새로
출렁이는 바다의 무한 자유여!

※『바당소리』제6호 축시

4부

묵상

사위 적요하다

내 몸의 물기 말리고
마음도 비웠다

묵언 들으려
귀 열어도
음성이나 아무 소리 없다

내 마음의 순도를
몰래 시험하려는지

다시 적요

생각의 심지를 돋우고
밖을 보거니
세상이 밝다

인생

길을 찾아
걷고 또 걷다가
돌아보면 그 자리네

다시
신발 끈 조이며
걸음 떼려는 순간
저녁놀이 가로막아
나아갈 수 없네

탕탕탕
관 뚜껑 두드리며
한 생애가 봉인되네

생의 무게는 증발하여
높이 오르고
육신은 말없이
땅속에 눕네

바람 다녀가듯
일순이네

앓다

계절도 앓고 산다
콜록콜록 목줄기를 드나드는
기침처럼 몸을 저민다

봄이면
꽃잎들이 밤을 뒤척이며
웃음보를 터뜨릴 때
묻어나는 설렘의 향기에
너나없이 마음을 들썩인다

여름이면
푸른 물로 풍경을 덧칠하고
싱그러운 생기
계절의 한복판을 질러 걷는다

가을, 저 발간 가을
이제 다 이뤘다는 듯
갖은 열매
불붙는 낙엽

겨울, 그 한때의 찬비에도
뉘에겐가 길을 내주고
뒤돌아보지 않고 또박또박 내딛는
모퉁이로 난 생의 길
길에 나선 나
인생의 답을 찾다
눈 덮인 산에 눈이 가 있다

사는 건 앓는 것
죽음이 되도록 불태우며
앓는 것

사모곡 2

떠날 때는
모든 걸 다 가져간다기에
이 세상엔
당신의 목소리 없는 줄 알았는데
그렇지 않은 것만 같아

그래도
'어머니'하고 부르면
가슴에 부딪히는 빈 메아리

세상살이에 스몄던
숨소리 목소리 한숨 소리…
그 소리들, 이제
허공 어디쯤 머무를까

당신의 목소리 그리워
두 귀 세우면
금세 달려오는

"밥 먹엉 가라."

영영 떠난 줄 알았는데
멀리서 내 귓가를 맴돌았구나
생애의 뼈대 같은
어머니의 그 말씀

시류

시골의 아침 길을
차들이 질주한다

구석구석 바쁜 세상이다

회색 고양이 한 마리도
가로질러 질주한다
찰나에 목숨을 걸고

순간
급브레이크를 밟고
제동을 걸 때
가슴을 가로지르는 마찰음

머리가 하얗게 공회전한다

느림을 비웃은 죄
속죄해야겠다

낙화 3

어둠 속에서
벙글던 마음이
햇살을 와락 끌어안고
붉게 터져 버려

이제 다 이뤘다고
떨어지는 찰나의 광휘

절정의 순간
내겐 눈물이고야

관계 2

수북이 쌓인 아침 햇살을
점벙점벙 밟으면
사방으로 폴짝폴짝 튕겨 오르는
저 광휘들

뉘 보내실까요

정원에 넘치도록
태초의 빛깔로 수놓은
저 화려한 꽃의 언어들

왜 보내실까요

만물을 휘 둘러보시고
시린 잎새 찾아 등 다독이며
살포시 껴안는
저 색바람의 온정

왜 거저 주실까요

정갈한 마음으로 눈감고
두 손 모을 밖에요

내 생의 초상

내게도 그런 시절 있었으리
방싯거리고 옹알이하며
걸음마 익히던
기억 저편의 아련한

그 후
얼마나 걸었을까
흔적 없이 가마득한 생의 발자국
소소한 기쁨도 풀꽃처럼 스러지고
통곡의 계곡을 지나던 삶도
저만치 멈춰 서서 빙긋이 바라보네

때론
마음에 어둠이 내려
영영 잠들고 싶던 시간
허공을 유영하는 종소리의 꿈을 헤아리며
내 영혼을 다독였지

살만한 세상인데

덜퍽진 풍요에 허기졌을까
함께 손잡은 수많은 인연
산과 들에 꽃 피는 자연의 숨결
무릎 꿇고 하나하나 되새기네

세월의 강에 잔주름 여울져
그리움이 윤슬로 반짝이는
요즘
행복 너머 진리 한 조각 그리며
사유의 날개를 파닥이고

한 줌 햇볕에 따스한
내 생의 봄날처럼
낯선 곳으로 가볍게 걷는다

하늘 정원

바람이 묻혔다기에
올려다본다

날갯짓이 길을 냈다기에
걸어 본다

달과 별이 노닐다가
깜빡 잠들었다기에
깨워 본다

의식의 나무 한 그루 심어
어느새 숲으로
충만한 허공이다

비움

마음 총총
걸음 어기적

화급하다
참아라

아주 화급하다
조금만 참아라

금강사 앞마당
해우소 문을 여니
드디어 해탈

무재칠시 외며
깃털처럼 나온다

아내

옷 한 벌 사달라고
슬며시 웃음에 끼워 보내니
옷장에 쌓인 게 옷이 아니냐며
아내는
생계의 한숨을 쉰다

그래도 나 떠나면
야속하게 내 말이 살아날 거라는
나지막한 한마디에
아내는 바로
옷가게로 가자며
내 손을 잡아끈다

한번 해 본 소리라고
새 옷 입은 셈 치겠노라고
마음 돌았는데도
자꾸 내 등 떼미는 아내

추워도 춥지 않은 겨울 아침

꽁꽁 닫았던 맘 열리면서
왠지 울컥해지는

농무

눈 감아야
선명하다

한라산이
얼굴 파묻고
안겨 있다

부끄러워 얼굴 붉히던
풀꽃들도 옷자락 속에 숨어
킬킬대고

만물은 눈감고
불입문자를 감상한다

이런 시간이면
평등하다

단상 1

조각 구름 위에
내 생각 태우고
높이 높이 솟아올라

내려다보면
티끌 같은 세상

겸손
한 아름
가슴에 품고 내려와

두 눈 감고
사유에 잠기노라면

살포시 지나는
빈 들 같은 하루

그믐달

곧 잊히겠지만
아직은 허락된 시간
알차게 채우고 싶어
무얼 할까 곰곰이 생각한다

이쯤에서 미끄럼틀 되어
어린이들 재잘대는 소리 들어 볼까

농부의 손에 쥔 날 연장으로
땀방울의 의미를 짚어 볼까

여인의 눈썹 되어
아름다운 얼굴을 선물할까

시인의 마음에 들앉아
한 뼘 나룻배로 출렁이는 강을 건널까

늙는다고 하고 싶은 일
한둘일까

며칠의 여생

아름다운 종말로 스미고 싶은

빛나는 하루의 설렘

시인

하나의 사물 위로
눈과 귀를 하나씩
더 얹혀 놓고

떠나 버린 빛과 소릴
불러와
가슴 터지게 뒹굴며

자정 넘어
강으로 흐르는 별 중
어느 한 별이 떨어져 나와
내려다보듯

그걸
즐기는 사람

뒷모습

일생을 동행해 온 그림자가
자존감을 다 버리고 바닥을 기고 있다
앞서가는 뒷모습이 낯설지 않은
내 정체성의 외피
자꾸만 오른쪽으로 기우뚱거린다

무심했구나, 껍데기처럼 홀대했던
세상살이가 낳은 옹이들

내면의 길을 찾아 애썼지만
이룬 것 하나 없이
초라한 일생의 실루엣이
나를 끌며
오늘도 느린 걸음을 내딛는다

영혼의 집이 허물어지는
쇠락의 길목에서
낙엽이 바람을 물고 앞장선다

단상 2

하루가 열리고

설렘의 길을 걷는 건
행복입니다
신비의 시간에 멈춰 서는 건
축복입니다

올 때
갈 때
순서 없는
시간의 곡선 여행은
어느 분의 섭리일까요

상상의 날개를 창조할 때
얼마나 높이 날기를 바라셨을까요

마음속에서
우주 하나 빛나는 것은
거룩한 사유입니다

시소

오랜만에
동네 어린이 놀이터에
생기가 흐른다

사람이 그리워, 사람이 그리워
늘 하품만 하더니
시소에 소녀 둘이 앉아
저녁 시간을 즐기고 있다

공중으로 솟아라
서로 힘을 조절하면서
상대의 마음을 높이는 우정을
몸으로 익히고 있다

어른이 되면 알겠거니
시소같이
사랑이란 비대칭
상대를 올려놓는 일

거울

다 안다는 듯
내 생각과 말과 행위에
똑같이 반응한다

울면 함께 울고
웃으면 같이 웃는다

걷어차면 저도 난폭해지고
분노하면 오만상 찌푸린다

어느덧 세월이 되어버린 둘이서
무심히 짓는
낮달 같은 미소
오늘도
한결같은 동행이다

구석진 내 마음을 보려고
얼룩진 거울을 닦는다

낙엽 3

푸른 가슴으로 불탔던
생의 찬가 살포시 내려놓으며
서사를 쓴다

햇빛과 바람과 비
함께 어울려
행복했던 시간을 넘본다

길 떠나며 묻는
생의 이념
사랑으로 채웠을까

흙으로 돌아가는
섬김의 길

씨앗 한 톨
기다리는 순환의 시간
어둠에 기도하리

여정

꽃은 꽃에게
꽃이 되라는
말을 하지 않는다
사람은 사람에게
사람 되라고
끊임없이 말한다

꽃은
사람처럼 살라 한 적 없는데
사람은
꽃처럼 살라 한다

꽃은 완성이며
사람은 미완성이라

꽃은 여한 없이
한 곳에 뿌리내리고
가던 대로 나아가는 사람
아직 미완이라서

풍경

운동장 귀퉁이에서
옛 시절 떠올리네

걷어찬 축구공이
검정 고무신을 꼬잡고
공중으로 그리던
속절없는 포물선

머리 위로 만국기 펄럭이고
홍시에 눈독 들이던
가을 운동회
청군 이겨라, 백군 이겨라
내달리는 걸음을 재촉하고
팽팽한 밧줄을 당기는 힘줄에
각인하던 그 함성, 또 함성

여름방학 첫 밤 지내고
눈 비비며 대빗자루 집어 든 채
지각할까 들판을 바람으로 질주하던

아침 조기회 청소시간
산뜻한 동네 길이 일기장에 들어가
빛바랜 삐뚤빼뚤한 글씨들

몽당초로 교실 마루를 박박 칠하고
마른 걸레로 문질러대면 반짝이는 거울
개구쟁이들 뒷등 슬쩍 밀치면
쿵더덩, 엉덩방아 소리에
깔깔거리던 웃음 조각들

교단에서 다정한 목소리로
마음밭에 푸른 씨앗 심어 주시던
선생님, 우리 선생님
대물림처럼 우리도 등 다독여 주었지
똘망똘망한 눈망울 바라보며
늘 푸른 나무로 자라나
행복하게 살라고
나라 사랑하라고

한세상 살아 내며
계절의 나무로 발가벗고 서서
의식을 떠나버리는 풍경들 붙잡고
말하노니

제 빛깔로 살아온 시간을
포근하게 안아 줌세
이 겨울 춥지 않게.

※『교육사랑』제6호 축시

평설

유현幽玄한 사유의 궤적들

김길웅
(시인·문학평론가)

정복언은 시인이고 수필가다. 시와 수필 하나도 산을 짊어지는 것인데 두 장르를 짊어지고 있다. 종심에 이르러 문학에 발을 디뎠으니(『文學광장.2016』으로 시,『현대수필.2017』로 수필 등단), 웬만한 지각생이 아니다. 이는 용기 있는 선택이 될 것인데, 일천함에도 수필집『살아가라 하네』에 이어 시집『사유의 변곡점』을 상재했다. 그의 창작이 이처럼 왕성한 것은 어간 글에 지독히 목말랐다는 반증이 된다.

그의 수필이 서정적 정열로 단조하지 않음은 이미 감지된 일이다. 산문에 시적 심서心緖와 호흡이 관성으로 진이 박여 있다는 사실에 주목해야 하리라는 의미다. 그의 시가 곡선적 정조情調로 갈증을 적시며 음계를 타고 있는 것을, 나는 물의 흐름 같은 순리라 한다.

시를 딛고선 그의 행보는 이미 등단 4년 차 초심이 아니다.

사유와 자연의 혼효混淆, 내 안의 풍경, 길 위의 자아, 여기까지만 해도 그가 주관하는 언어의 영지領地는 넓고 깊다. 하루 다르게 확산하는 시적 공간이, 멀지 않아 도달하게 될 층위를 예견케 한다. 시적 대상으로 사상事象을 바라보는 시선 또한 부드럽고 따뜻하다.

1. 자연과 사유의 혼효

시는 자연에서 발현한다. 다만, 자연의 자연스러움 자체로는 시의 질료로 사용될 수 없다. 그것은 사유와 제휴할 때 생동한다. 사유의 주체가 어디까지나 시적 화자이기 때문이다. 운문이든 산문이든 그게 언어가 매개하는 양식인 이상 인간과 결부될 수밖에 없다. 나무, 꽃, 열매, 계절 등 정복언의 시에서 자연은 그가 품어 살아가는 내면의 한 풍경으로 견고하게 자리를 틀었다. 따라서 자연과 사유가 동일시돼 혼효하는 것은 그의 시에 있어 간과할 수 없는 강점의 일부라 할 것이다. 표제작 '사유의 변곡점'은 필시 시인 자신, 이런 저간의 내력을 함축했을 것이다.

낙엽 바삭거리는
뜨락 모퉁이
가지마다 둥글둥글 매달린
홍등을 바라보며

내 생의 끝자락 저리 물들어

속절없이 툭 진대도

무심히 눈 감을 거란

아득한 생각으로

한동안 마당을 서성이는데

서편 하늘엔 노을의 미소

심지 돋운 홍등이

속속들이 밝히는

마음 귀퉁이

한 생이

붉게 익는다

　　　　　　　　　　—〈홍시〉 전문

　'낙엽→홍등→생의 끝자락→노을→마음 귀퉁이→한 생'으로
이행하는 의식의 흐름에 주목한다. 낙엽 소리에서 계절에 한껏
몰입해 있는 화자는 부지불식중 생의 끝자락을 뒤적거리기 시
작한다. 급기야 서편의 '노을'로 타올라 '홍등'으로 '마음 귀퉁이'
를 밝히고 끝내 '한 생'으로 '붉게 익어' 간다. 직시해야 할 것이
바로 이 사유의 궤적에 '홍시'라는 자연이 밀착돼 있다는 사실
의 엄중함이다. 그것은 마치 화자를 자연 속으로 밀고 가듯 양
자 사이에 종잇장 하나 끼어들 간극도 용납지 않는다. 탐스레

익은 홍시에서 '홍등'을 발견했거나 그 연장선에서 '노을의 미소'를 꺼내 든 것 그리고 '마음 귀퉁이'를 거쳐 '한 생'으로 익은 것 등이야말로 직관에만 의존하지 않고 변용變容된 정복언 전유의 메타포다. 시가 자연과 사유의 잉태임을 말하되, 그는 입을 열지 않은 행간침묵을 견지할 뿐이다.

자연의 계율을 따라
뛰어내릴 수 없는 생애
허공에서 흔들리며
해도 담고 달도 담고
비바람도 껴안으며

한 생에 무르익어
곳곳을 밝힌
노란 등불, 저 눈부심

—〈귤〉 부분

고향 친구들
돼지갈비 소주 파티에
어린 시절까지 들락거리며
긴 세월의 고만고만한 삶을 풀어놓다가
누가 꺼낸 첫 부끄러움에
와락 터져 버린 폭소

사방으로 튕긴 하얀 파편들

　　　　　　　　　　　　　　　　—〈벚꽃〉부분

　정복언에게 '귤'은 밀착된 삶 속의 자연으로 존재하고 있다. 시의 외양이 간경簡勁함에도 불구하고 단순하지 않다. 화자가 목전의 경물을 데생하듯 생략된 선과 면으로 처리하지 않고, 자연의 일부로 편입해 자신의 생과 등가等價로 수납하고 있다. '뛰어내릴 수 없는 생애'라거나 '무르익어 곳곳을 밝힌 노란 등불, 저 눈부심'에로 닿는다. '벚꽃' 또한 화사하게 핀 계절 속의 한 대상물에 머물게 하지 않았다.

　놀라운 것이, 꽃의 현장을 친구들과의 소주 파티로 공간 이동해 양자를 덧댐으로써 화자를 자연 속으로 진입시키고 있는 전이의 역동성이다. 양자의 접속으로 시의 터수가 충만해졌다. '와락 터져 버린 폭소/ 사방으로 튕긴 하얀 파편들'은 벚꽃과 인간으로 분리될 수 없게 생성되면서 화자의 정서적 한 세계로 선뜻 나앉았다.

　잡힐 듯 떠 있는
　둥근 달이
　시원의 제전에서 봉독했던
　하얀 언어들을 쏟아내고(중략)

　때가 있는 법

나고 죽고

피고 지는

내 어디쯤에서

이 밤 끌어안는가

　　　　　　　—〈월야〉 부분

　'둥근 달이 하얀 언어들을 쏟아내고' '귀뚜라미 밤새 경 오이는', 그토록 눈부신 밤은 시·공간 어디에도 가설돼 있는 무대가 아니다. 기도하고 독경하는, 만월이 떠 있는 소름 돋으리만치 찬연한 밤이다. 중요한 것은 자연이면서 그냥 자연으로 방치되지 않고 있다는 점이다. 사람이 산다는 것은 '때가 있는 법'이라더니, 별안간 화자가 생멸의 질서 앞에 숙연히 서 있지 않은가. 거듭 확인하건대, 정복언 시에서 자연과 인간은 하나에 혼융하면서 그것이 시의 새로운 변경邊境으로 확대되고 있음이 인지된다.

2. 내 안의 풍경들

　정복언은 전부는 아니더라도 내적 갈등의 일부를 글쓰기로 해소하고 있을 수 있다. 고단한 일상과 울울한 시대현실에서 일에 치이면서도 정신의 균형만은 유지 가능하게 그는 강건하다. 빼놓지 못할 것이 자신의 내면을 탐색하고 투시하는 냉혹한 시선이다. 같은 맥락에서 촘촘한 성찰과 관조의 눈이 적확하게 작동하고 있을 것이 분명하다. 시인이기 전에 생활인으로서 소망하는 바를 시의 경작을 통해 풍요롭게 수확하는 것은 바로 내 안의 풍경들에 다가서는 그의 지극히 낮은 겸손에서 발원할 것이다.

　　바람과 구름이 손잡듯이
　　햇살과 꽃잎이 눈 맞춤하듯이
　　투명한 몸으로 내 주변을 어루만지며
　　아무도 모르게 걸어가게 하소서

　　하루만이라도
　　온전히 자유의 몸이 되어
　　장기들의 노고를 헤아리게 하시고
　　경련을 일으키는 정신의 고통도
　　어루만지게 하소서
　　　　　　　　　　　　　　　　　　　　—〈기도 1〉부분

　밥을 받아 앉아 성호를 긋는 교인 앞에서 수저를 잡으려던 손이 멈칫해, 이내 경건해지던 경험이 있다. 기도의 에너지가 전이되던 순간이다. 정복언은 독실한 천주교 신자로 삶이 신앙심으로 충만하다. 이 시는 신앙으로 내면에 구현되는 그만의 독특한 풍경으로 다가온다. 사람은 완성돼 있는 것이 아니고 완성되려 해 완성돼 가는 미완의 존재다. 화자 자신 인생으

로 원숙의 경지에 들기 위해 영적 충실을 갈망하고 있다. '아무
도 모르게 걸어가게', '고통을 어루만지게' 하소서 기도한다. 그
런다고 화자의 기도를 특별히 종교적으로만 인식할 것은 아닐
것이다.

　다 채우지 못해 아직도/ 빈 가슴입니다// 날갯짓이 겹겹이
길을 만들어/ 바람과 노닐도록// 별빛 묻어두고/ 청잣빛에 쏠
리어/ 신의 숨결 스미도록 (〈충만을 꿈꾸는 허공〉)에서도 다르
지 않아 여실하다. 정복언은 인생의 어떤 지점, 어느 시공에서
도 시종해 기도의 닻을 내리지 않을 것이다. 이제 종심을 지나
신맛 단맛 다 경험한 그다. 희원과 갈망을 넘어 관조적인 자세
로 인생의 무게를 감당하려는 비장함마저 스며있다. 시의 침묵
을 흔들어 깨울 일이다.

　　비 그친 겨울 아침

　　냉기 스민 길바닥에서

　　나비를 껴안은 동화책이 떨고 있었다

　　유기된 날개들이

　　어디로든 날아가야 할

　　날갯짓을 꿈꾸며

　　밤새워 뒤척인 듯

　　아직 입을 열지 않았다

　　어릴 적

　　내 꿈을 태우고 날아간

조그만 흰 나비가

내게 돌아올 것만 같아

젖은 동화책 표지를 소매로

닦아내고 품에 안았다

—〈날개를 위하여〉 부분

좀체 통속에 물들지 않는 정복언의 심성이 '나비를 껴안은 동화책이 떨고 있었다'에 남김없이 투영됐다. 길바닥에 나뒹구는 이런 시시한 장면에 눈 줄 사람이 몇이나 될 것인가. 화자는 분명 별난 성정의 소유자다. 날갯짓을 꿈꾸던, 그러나 유기된 날개들이 밤새워 뒤척였을 것을 심안으로 들여다보았다. 여기까지는 이후의 감정이입을 위해 마련한 복선伏線임을 느지감치 지각하게 된다. '젖은 동화책 표지를 소매로 닦아내고 품에 안는'에는 연유가 있었다. '어릴 적/ 내 꿈을 태우고 날아간/ 조그만 흰 나비가/ 내게 돌아올 것만 같아'서다. 속을 뒤틀고 튀어나온 내 안의 또 하나의 풍경이다. 섬세한 감성이 주섬주섬 그러모아 뜨고 엮는 정복언의 시에는 이런 알집이 있어, 사상事象의 외양, 언어의 거죽만 만져선 안 되게 규율하고 강제한다.

카톡에 실려 온 한 토막 동영상

얼굴은 가려진 채

윗옷과 아래옷 사이가 벌어진 중앙에

배꼽이 자리 잡았다

허리가 오목한 게 여성임이 틀림없겠다(중략)

줄줄 하의 내리고 팬티를 벗으려는 동작에

시선이 팽팽해지고

정말 벗을까 생각하는 순간

팬티를 벗더니 더 작은 팬티가

파수꾼처럼 버티고 있다

그럼 그렇지 하는 순간

두 손으로 작은 지킴이를 아래로 살짝

내리니 까만 거웃이 보인다

원초적 계곡을 상상하는데

드러난 아랫도리엔

거뭇한 남자 증명서가 길쭉이 매달려 있다

신이시여, 신이시여

어찌 이런 실수를 하시나이까

―〈위대한 실수〉 전문

동영상이란 움직이는 영상물이라, 정적 이미지와는 차별화
된 것으로 눈앞에서 돌아간다. 정복언이 카톡 화상에서 그것을
흥미진진하게 보며 여인의 은밀한 부위까지 노출하는 과정을
숨죽여 응시한다. 시적 묘미가 극대화된 일련의 진행에 눈을
떼지 못한다. '팬티, 지킴이, 거웃, 원초적 계곡, 남자 증명서'로

이어지며 상당히 성적 충동을 자극할 듯하지만, 봉합해 버린다. 음란물은 아니겠으나 누드보다는 즉물적으로 오는 영상물일 것 같다. 화자가 '신이시여'를 절규하듯 두 번씩이나 부르며 매달린 말이 '위대한 실수'다. 단지 화자 개인을 떠나 성이 개방된 이 시대를 사는 우리 안에 틀어 앉은 내면의 풍경일 것이다.

3. 길 위의 자아

사유하므로 걷는 길 위로 비 내리고 바람 불고 눈발이 휘날려 정연하던 걸음이 중심을 놓아 방황해 본 경험쯤 누구에게든 있겠으나, 정복언의 경우는 좀 별스럽다. 그는 사각거리는 고엽의 숨결에도 걸음을 멈추고, 나아가던 길 위에서 길을 잃어 배회하고 고뇌한다. 그의 여린 감성의 시엔 이런 인생길 위의 낙폭 큰 속울음이 먼 뇌성으로 혹은 영혼을 일깨우는 비폭飛瀑으로 쏟아져 전율케 하는 언어의 막중한 힘이 있다. 그는 오랫동안 길 위에서 목말랐고, 여상하게 지금도 목마르다.

긴 생을 살아오면서
나는 늘
뭔가를 누르기만 했다
그럴 때마다
땅에서는 바닥이
물속에서는 물이

공중에서는 공기가

나를 떠받쳐 주었다

참으로 미안하여

나도 무얼 떠받칠까 궁리하다가

물구나무를 섰더니

두 팔이 지구를 떠받치는 게 아닌가(중략)

이제 내 몸은

뭔가를 떠받는

쓸모 있는 존재임을 알았다

나는 자체로

상생이었다

—〈사유의 변곡점〉 전문

　정복언은 현재를 살아가면서도 기억 속에 상기되는 과거를 하나의 회상으로써 퍼 올린다. 장 파울은 기억을 일러 "아무도 앗아갈 수 없는 유일한 자산"이라 했다. 기억은 쉽게 퇴행하지 않는다. 의도적·비의도적이든 간에 지난 기억을 오늘에 소환함으로써 과거적 기억 속에 누적됐던 자아를 발견하게 된다. 이것은 수동적으로 '누르기만(혹은 눌리기만)' 했던 기억이 능동적으로 '뭔가를 떠받는'으로 향진向進하는 운신의 전환점이라는 중대한 의미이면서, 자신이 가치 있는 '실체적 존재'로서 자각의 확고한 토대를 이룬다. '긴 생을 살아오면서 뭔가를 누르기만 하다 뭔가를 떠받게' 된 것이니, 시종여일 밋밋하게 흘

러오던 바로 '사유의 변곡점'이다. 화자는 '나는 자체로/ 상생이
었다'며 생을 통해 견뎌 온 일체의 불화를 종식하고 자신과 혹
은 타자와의 화해를 선언한다. 그의 내면에 암운이 걷히고 고
루 화평하다.

　　옷 한 벌 사달라고
　　슬며시 웃음에 끼워 보내니
　　옷장에 쌓인 게 옷이 아니냐며
　　아내는
　　생계의 한숨을 쉰다

　　그래도 나 떠나면
　　야속하게 내 말이 살아날 거라는
　　나지막한 한마디에
　　아내는 바로
　　옷가게로 가자며
　　내 손을 잡아끈다

　　한번 해 본 소리라고
　　새 옷 입은 셈 치겠노라고
　　마음 돌앉는데도
　　자꾸 등 떠미는 아내

　　　　　　　　　　　　　—〈아내〉부분

가정은 일상적 애환이 깃든 인생의 텍스트다. 그 안에는 두 바퀴를 돌리며 나아가는 자전거의 한쪽 바퀴로 아내가 엄존한다. 백면서생의 아내는 세간살이의 주역이라 현실에 예민할 수밖에 없다. 그래서 '생계의 한숨'은 단연 아내의 몫이다. 가계가 불화의 요인이 되면서 부부간의 갈등을 빚게 되는 개연성은 여염에서 다들 겪는 항다반사 이상의 것이 아니다. 사소한 것이 꼬투리가 돼 티격태격 밀리고 당기고 엉키다 풀리는 장면이 실연되는 삶의 본무대가 가정이다. 계면쩍었던지 아내가 화자를 '자꾸 등 떼밀고' 있다. 그러자 '꽁꽁 닫았던 맘 열리면서/ 왠지 울컥'해 하는 그다. 장삼이사의 삶을 실경에서 한번 우회해 에두름으로써 그 소소한 파장의 여운으로 시적 공감의 빌미를 제공한 기미가 흡사 콩트를 연상시킨다.

그래도
'어머니' 하고 부르면
가슴에 부딪히는 빈 메아리

세상살이에 스몄던
숨소리 목소리 한숨 소리…
그 소리들, 이제
허공 어디쯤 머무를까
　　　　　　　　　　　　　―〈사모곡 2〉 부분

'어머니'는 눈물을 동반하는 단어다. 어른이 돼 군대에 가, 그 세 음절만 봐도 눈물이 난다. 유대인의 속담에 "신은 모든 곳에 있을 수 없기에 어머니를 만들었다."고 했다. 헌신적인 숭고한 사랑의 화신, 한국에서는 흔히 '이름 없이 사는 존재'가 어머니다. 돌아가시고 나면 불러도 대답 없는 '가슴에 부딪히는 빈 메아리'일 뿐, 일흔의 나이도 잊고 허탈에 빠진 화자는 살아생전 스몄던 '숨소리 목소리 한숨 소리 허공 어디쯤 머무를까'며 가슴을 쓸어내린다.

"어머니는 진달래색 스웨터와 자주색 바지를 입고 회색 목도리를 두르고 진회색 베레모을 쓰고 하얀 운동화를 신으셨다… 두 명의 유아와 함께 구순을 넘어선 아기가 합류했다. 신부님은 절차를 따르며 유아세례를 주고 어머니의 이마에도 성호를 긋고 마침내 모자를 벗으신 머리에 하얀 미사보를 씌워 주셨다. 눈가를 적시지 않으려고 준비된 시간인데, 한사코 알 수 없는 무엇인가가 내 가슴으로 스며들어 강물로 흘렀다." 정복언의 수필 속의 어머니 유아세례 미사의식 장면이다.

어머니 타계하시기 얼마 전, 유아세례 미사를 치러 드리며 오열하고 있다. 정복언은 세상없는 효자다.

4. 끝내며

정복언은 세속에 머무르며 때 묻지 않은 심성을 끊임없이 세정한다. 외부의 작은 자극에도 섬세하게 반응하는 그의 시적 감성은 태생적인 것이다. 시를 감싸 도는 일련의 따뜻함과 병치되는 차가움의 정서는 분리될 수 없는 쌍생아처럼 등가等價를 이루면서, 그의 시를 주도하는 양상으로 뿌리 내려 활착했다.

세상을 향해 손 벋는 사랑과 연민에 목말라 하는 한편, 내면을 향한 냉엄한 자책에 전전반측輾轉反側해 뒤척인다. 이러한 그의 시적 양태樣態는 크고 작은 바람으로, 너울 치며 일어서는 섬의 바다로, 때로는 찬 이슬에 깨어난 광야의 들풀로, 꼿꼿이 뼈대를 세운다. 순간순간 피었다 스러지는 하나의 사상事象, 하나의 몸짓, 어느 그리운 이름에게로 스쳐 지나는 시적 단상인들 놓치지 않고 포획하는, 그는 타고난 시인이다. 그의 시를 읽노라면 정신의 풍요를 느끼게 되고, 고단한 심신이 훈훈해 오는 이유다.

퍼뜩 '시인의 말' 결미가 눈앞으로 깃발처럼 나부낀다.

"굽이굽이 흘러/ 뉘 빈 가슴에 안착하길/ 부질없이 소망하며/ 또 하루를 연다." 늦게 시작했지만 음계 없이도 물은 소리 내어 흐르고, 바람은 계곡을 지나 가파른 산의 능선을 넘는다.

정복언 시집

사유의 변곡점

초판인쇄 2020년 4월 20일
초판발행 2020년 5월 06일

지은이 정복언
펴낸이 노용제
펴낸곳 정은출판
주   소 서울특별시 중구 창경궁로 1길 29 (3F)
전   화 02-2272-9280
팩   스 02-2277-1350
이메일 rossjw@hanmail.net

ISBN 978-89-5824-409-7 (03810)